KB196359

명랑한 반란

나남
nanam

나남시선 98

명랑한 반란

2024년 10월 30일 발행
2024년 12월 25일 2쇄

지은이   조갑출
발행자   趙相浩
발행처   (주) 나남
주소   10881 경기도 파주시 회동길 193
전화   (031) 955-4601(代)
FAX   (031) 955-4555
등록   제 1-71호(1979. 5. 12)
홈페이지   http://www.nanam.net
전자우편   post@nanam.net

ISBN 978-89-300-1098-6
ISBN 978-89-300-1069-6(세트)

나남시선 98

조갑출 시집

명랑한 반란

나남
nanam

자서 自序

꿈은

빛바래지 않아
녹슬지도 않아

밤마다 다그쳐도
쪼그라들지도
닳지도 않아

수십 년 세월에도
그 얼굴 그대로 찾아와

자그마한 매듭 하나
옹골지게 맺으려 하지

2024년 가을
조 갑 출

나남시선 98

명랑한 반란

차 례

2부 날마다 낯을 씻는 골목

3부 절묘한 평형

4부 한낮의 연무

1부

무영등 아래에서

첫사랑

푹 익어
달짝지근한 무숙채도
아닌

상큼하니
아삭한 무생채도
아닌

어중간하게 익어
설겅거리는 뭇국
같은 것

설익은 그대로
가슴에 남아

시시때때로
설겅설겅하는 것

참아야 한다니

눈에 헛것이 보이도록 고파도
하늘이 노랗도록 아파도
참아야 한다고

억울함에 숨 막히고
분노에 찬 열기 치솟아도
참아야 한다고

보고파 가슴 저리더라도
애달픈 마음 누더기 되더라도
참아야 한다니

너에게 갇혀
널 향한 환청 환시 떠나지 않아도
참아야 한다니

참아 보려 무던히 애써 왔지

언젠간 그리움도 까막대다가

어느새
가뭇없이 사라질 텐데

그날이 올 때까지 참아야 할까
다 한때인 것을

정한수 한 대접

유난히 밝고 큰 보름달
슈퍼 블루문이 뜬다고 야단들이다
도시의 우리가 언제 그리
달 쳐다보며 열광했던가

탐험의 욕망으로 일그러진 달은
신비와 기원의 대상에서
밀려난 지 오래지만

달은 내게
손주 향한 할머니의 기도
간절함이 찰랑거리는
정한수 한 대접

"먹고 자고 먹고 자게 해 주시고
또시락또시락 잘 놀게 해 주시고
오뉴월에 물외 굵듯
보름달이 차듯
그저 무럭무럭 크게 해 주소서."

큰 보름달 뜨던 날

할머니 정한수 대접은
오랜 망각 비집고 되살아나
보름달 얼굴 위로 일렁인다

물 대접 안에 찰랑대던
그 기도와 함께

옹기 떠나던 날

퍼억
짜르르르륵
정적을 깨는 동시성 소음

안방 선반에 있던
어머님 아끼는 동양란
나동그라지다

쏟아진 난석과 청자 파편 위
눈빛 얼어붙은 새 며느리 귓전에

"마, 괜찮데이, 옹기도 제 죽을 날 정해져 있단다."

정녕 그날이
그 화분 떠날 날이었을까

정말 그래서
괜찮은 것이었을까

어떤 이중창

느닷없이
아흔한 살 엄마가 애원한다
"나 친정 좀 보내 주라,
고생만 한 불쌍한 우리 엄마
울 엄마 너무 보고 싶어."

그 눈빛 하도 절절하여
예순아홉 살 딸은
목울대 뜨거워지며
고개 떨군다

딸과 엄마는 부둥켜안고
눈물 머금은 이중창을 한다
"어떡해, 불쌍한 우리 엄마."

엄마는 달라도
엄마 향한 연민은
다르지 않은가 보다

함박꽃

모란인 줄 알았지
검자줏빛 꽃
기품 있게 도도하여

기름칠한 듯
반질반질한 꽃잎이
모란 아님을 웅변하고 있어

네가 있어
5월이 더 풍만해졌지
윤기 머금은 함박웃음으로
세상 넉넉하게 하는 너이기에

널 닮았던 그는
지금도
싱그러운 함박웃음 날리고 있을까

그의 향기는 아직
내 곁에 스며들어 있는데

등꽃

그리 재미났을까
고개 젖혀 목젖으로 웃어 대던 순간
하늘에 걸린 보랏빛 샹들리에

아 등나무 그늘이구나

서로 깔깔대던
그날 이후 너는
보랏빛이 되고
샹들리에가 되었지

문구점 보라색 펜 위에도
보랏빛 들꽃 위에도
카페 천장의 흔들리는 등에도
너는 나타나지
약속처럼 어김없이

삶의 나이테 늘어나면서
해맑던 청보랏빛은 어둡게 짙어 가는데

지금 너는
얼마큼 빛바래고 있을까

내 눈빛이 닿지 못하는 곳에서

조각보

당신은 한복 맞춤집 가윗밥으로 잘려 나온 천 조각 이어 색깔
고운 조각보를 만드셨지 쓰레기통에 들어가면 그만일 자투리 조
각들이 당신 손 거치면 세상 하나뿐인 작품으로 태어나곤 했어
그를 선물 받은 이웃들 표정 하나같이 밝게 빛났지

보온 밥솥도 식탁도 없던 시절, 퇴근 늦은 바깥식구 기다리며
방 한 귀퉁이에 단정히 차려진 밥상 위의 조각보 그 속에 소복이
담겨 있던 온 가족 행복 냄새를 오롯이 기억하고 있지

당신은 떠났지만 서랍 속에 간직한 조각보 가족들, 얼굴 내밀고
이따금 안부 묻곤 해 조각조각에 당신 삶의 파편 박제된 조각보에
는 변화무쌍했던 그 시절의 세상사 조각도 덧씌워져 있어

새 바람 쐬며 쓸모 찾아 꺼냈다간 애지중지 서랍 속으로 다시
모시게 돼 떠난 사람 삶의 조각에 또 다른 세월 삶의 손길이 유약
으로 덧발라지면 훗날 남겨진 누군가가 대물림하여 떠난 삶 추
억할까, 하고

이런 기다림

천년만년 살 것처럼
욕심껏 살지 않았어

회갑 맞는 해
먼 길 떠날 때 입으려
수의 미리 장만했지

묏자리 정해 놓고
가묘도 만들었어

시시때때로
장롱 속 수의 꺼내
바람 쐬고
손수 묘역도 가꾸었지

떠남에 대한 초연함

마음 다잡아
마음 비우는

청빈한 기다림

그런 당신을 닮고 싶은데

철 지난 모정

새 둥지 엮었으니 관심 끊으라며
너희끼리 알콩달콩 살면 된다는
입버릇 붙었는데

영상 통화한 지 며칠 만
스멀스멀 궁금증이 피어오른다

밥이나 먹고 다니는지
손주 녀석들 똘망똘망 잘 크는지
며느리와 짜그락거리지는 않는지

말로는 뚝 떼어 놓고 신경 안 쓴다 했지
마음의 레이더에서 사라졌다고
잔정을 모르는 대범한 사람이라고
큰소리는 왜 쳤는지

보고프고 궁금한 마음
통화 버튼에 머물다 간

아차, 하고 물러난다
아들은 이제 며느리의 남편이라니까

생김새와 생각과 진기를
거저 주었다는 이유로
이리 집착해도 되는 걸까

이 또한 사랑이라 포장해도 될까

어깨끈 가방

교복 갓 벗은
앳띤 어깨에 걸어 준
얄팍한 통가죽 가방
그의 땀과 떨림이 들어 있었지

쇠사슬 어깨끈 끊어지자
팔꿈치 접은 손에 들려
가슴에 끼고 다니던 손지갑
책장 속 비밀 금고로 자리 잡았지

낡은 통가죽 손지갑은
내밀한 살림살이
다 들여다보고 있었지

달마다 드나든 땀의 결실도
알뜰살뜰 살아온 세월도
다 알고 있었지

지난 시간의 애환과 보람

세상의 변화무쌍 켜켜이 묵히며
삶의 역사를 기록해 왔지

어깨끈 가방에 뿌리내린 그의
설익은 정情도
세월 함께 숙성되었지

오디

시멘트 화폭에
굵은 붓으로 눌러 찍은 점들
회색 가지색 검은색
농담이 수묵화 못잖다

오래된 야생 뽕나무 군락
바닥에 널브러진 새까만 오디

기억 언저리로 밀려나 있던
산골 마을의 작은 여자아이가
오디를 따라가며
깡
총
댄
다

찔레꽃 질 즈음이면
오디 익는 날 손꼽아
입술 새까맣게 물들였던 날들

배곯던 시절엔
누군가의 요기가 되었는데

샛강 산책로에
지천으로 깔려 있다
거들떠보는 이 없이

왜 여태

너
아직
떠나지 않은 거니

네가 먼저 떠나 버릴까 봐
가슴 너무 아릴까 봐
의지와 지력 모두 쪼그라들어
아무것도 할 수 없을까 봐

두려움으로
울타리 촘촘히 쳐 놓고
진즉에 널 밀어냈는데

여태
둥지 틀고 머물렀던 거니

졸음 밀려와 아스라해진 순간
문득 말을 걸어와 놀라게 하고
잠시만 짬이 나도 그새 얼굴 내미니

천연덕스레 내 곁에 맴돌고 있는
너

왜
여태
떠나지 않은 거니

동틀 무렵

기계음의 경망스런 호들갑으로
새벽을 맞는다
언제나처럼

호롱불 기름 아꼈던 동짓달
산그늘 짙어져 이른 어둠 엄습하면
저녁밥 먹기 무섭게
"자거라, 일찍 자거라."
이불 속으로 내몰렸지

어둑새벽 무렵
닥종이 바른 문살문에
갓밝이 빛 희미하게 비치면
드디어 날이 샜다고
어린 가슴 콩닥거렸지

긴 겨울밤 지나 마주친
동틀 무렵의 설렘은
손수건만 한 순수로

가슴에 남아 꼼지락대지만

그날들 이후
새날이 밝았다는 이유만으로
가슴 벅찼던 기억은 없지

낮처럼 밝은 밤에 길든 지 오래
여명 아닌 기계음으로
먼동이 튼다는 걸 알게 될 뿐

널 생각할 적이면

심장이 마구 뛰어 숨이 차
나른한 몸을 무지개에 싣기도 해

핑크뮬리 펼친 자락에 누워 있기도
잣나무 잎에 온몸 찔리기도 해

때때로 하늘을 나는 듯하다가
나락에 떨어져 아프기도 해
형형한 네 눈빛에 닿아
가슴이 옴짝 오그라들기도 해

포말로 흩어져
아린 바윗돌 등지고 떠났던 너
다시금
파도로 밀려와 바스러지고 있어
그 바윗돌 때리며

널 생각할 적이면

네가 피어날 곳은

어디서건 휘영청 돋보이는
너
누군들 눈독 들여 품고 싶지 않으리

어느 가슴에서건
네가 활짝 피어나지 못하랴

네가 꽃피울 그곳엔
너로 인해
세상 밝은 빛 짜르르 쏟아질 터

이왕이면 내 안에
뿌리내려 꽃피게 하고 싶어

너무 큰 욕심일까
성근 내 가슴속
촘촘한 밝음으로 피어날
너를 그리는 건

너랑 나랑

해 나는 날 좋아하지 넌
비 오는 날 좋아해 난
양극에서 마주 섰던 우리

넌 내게 말했지

우린 그리 달라서 합이 맞는 거라고
함께하고픈 날 많아져
따로 있을 날 없겠다고

비 오는 날은
내가 좋아하니까
한 우산으로 빗속 걷고

햇빛 좋은 날은
네가 좋아하니까
손잡고 거닐고

햇빛 쏟아져도

세찬 비 내려도
함께 걷고 싶었던 우리

삶의 길 함께 걸어온
지금은

왜
따로
따로 걷고 싶은 걸까

손뜨개 레이스

나목의 계절
도심 벗어나 달릴 때
차창으로 다가오는
먼 산
중간 산

저마다 산등성이에
뜨개질한 레이스 달고 있어
어릴 적 치맛단 장식하던
그 손뜨개 레이스를

손수 만든 치마
노점에서 산 원피스까지
당신은 늘 아랫단 레이스 뜨개질로
세상 하나뿐인 명품 만들어 냈지

세월 지나도 여전한
당신의 일품 솜씨

잡목 우거진 산 등줄기
잎새들 사라진 황량함을
그 손뜨개질로 꾸미고 있어

어릴 적 내 치맛단처럼

무영등 아래에서

온몸에 힘이 들어가고
가슴 오그라드는 순간

천장엔 걱정 가득한 엄마 얼굴

외길에서 맞닥뜨린 전조등처럼
저 불빛 켜져 바스라지면
그림자조차 사라져 버리고

곧 나는
수술대에 차갑게 널브러질 테지
의식마저 사그라진 채

죽음인 듯
죽음 아닌 듯
무의식에 들겠지

다시 나는
의식이 작동하는 세상으로

되돌아올 수 있을까

엄마 …

.

풍선껌

무료함
질근질근 씹어 대던 순간
부풀어 오르는 옛 기억

널 그리는 긴 날숨
풍선으로 부풀었지

그리움을 주체 못해
끝내 터져 버렸어

들숨 가다듬자
김빠진 채 널브러져
코와 입 막아 버렸지

오래 묵은
헛된 그리움
이제 그만 접으라며

그것만도 다행

지면에서
화면에서
가끔
그의 지금을 엿볼 수 있다는 것

아직도 그때의
가슴 콩닥거림과 떨림
또렷이
기억할 수 있다는 것

지금도
그때 그 사람을
온전히 알아볼 수 있다는 것

빨래

너 어디로 떠나 버린 거니

큰물 져 소용돌이 휘몰아쳐도
때론 격랑 속에서 정신 잃어도
널 생각하며 참았지

네 어깨에 목마 타
햇볕 쬐고
바람 쐬며
창밖 세상 즐길 수 있었으므로

정신없는 내돌림과 쥐어짜기
휘몰아치는 열풍까지도
견뎌 냈지
네 어깨 껴안으며 매달리는
그 순간을 그리며

하지만
넌 이제 내 곁에 없어

햇볕도 바람도 여전한데
널 그리는 마음도
한결같은데

넌 어디로 사라진 거니
열풍 속에 날 버려두고

상실

씨앗부터
스무 세 쌍의 염색체 가진
이미 온전한 사람이었어

창문 없는 비좁은 집에
옹크리고 살았지만
바깥세상에 늘 닿아 있었어

맨눈으론 볼 수조차 없던
좁쌀보다 작은 존재에서
모양 갖춘 인간으로 자라났어

탯줄 하나에 기대
튼실하게 열 달을 엮었는데
그 극적인 시간의 궤적은
나이 아닌 어디에 기록해야 하나

왜 흔적 없이 소멸되어야 하나

첫정

검은 너의 눈망울 마주한 날
가슴에 써늘한 전율로 남았지

길을 걸어도
운전대를 잡아도
눈앞의 보름달로 너는 떠 있어
하루를 마감하며 자리 든 밤이면
어김없이 넌 천장에 훤히 떠 있지
지긋이 눈감고 너를 눈 속에 가두곤 해

사랑한다는 말은 할 수가 없어
사방에 나뒹굴어 때에 찌든 말로
너에게 다가서고 싶지 않아

너는 늘 기도 속 첫 손님
세상 값진 소망 모두 채워
네 영혼의 버팀목 되고 싶어

마지막 눈 감는 순간 올 지라도

맑은 정신 정갈한 모습으로
네 곁에 머무르고 싶어

너의 삶은 따사롭고 올곧으며
오롯이 행복하기를

나의 첫정아

2부

날마다 낯을 씻는 골목

날마다 낯을 씻는 골목

청라언덕 가파른 계단 길 위
오래 묵은 한옥촌
지붕끼리 다닥다닥
이마 맞대고 있었지

집집이 한두 뼘씩 골목 품을 갉아먹어 기다랗게 잘록해진 길 구불구불 긴 골목길 끝 숨통 트이는 널찍한 공간 정직한 몇몇 이웃이 담벼락 양심 선을 지켜 만들어진 작은 광장은 동네 아이들 놀이터 어둠 짙어 아이들 목청도 잠에 빠지면 과자 봉지, 해진 종이딱지, 나무 팽이, 깨진 구슬, 모두들 모여 오늘도 요란한 하루였다! 속닥거렸지

자명종이 새벽 정적 깨면, 골목길 막다른 집 안주인은 삐걱거리는 나무 대문 열고 나가 골목길 쓸곤 했어 불심 깊은 그 아낙은 넉넉잖은 살림에 다른 보시布施는 못해도 골목 쓰는 보시라도 하겠다고 했어 비 오는 날에도 엄동설한에도 긴 골목길 쓸기는 쉼이 없었어 비 온다고 낯을 안 씻느냐고, 이게 낯 씻는 것과 똑같다며

환경미화원 손길도 미치지 않는
후미지고 가난한 골목길은
불심으로 낯을 씻고 새날 맞곤 했지

삶이 고단한 사람들
새벽 일터로 나서는 길
불자의 축복으로
하루 첫 발걸음 가벼워졌지

세상 모든 아픔 비로 몽땅 쓸어 낼 수 있다면, 몹쓸 짓하는 인
간들 쓸어 내어 염치 아는 세상 만들 수만 있다면, 밤낮없이 비질
한들 힘들겠냐

그 혼잣말은 그냥
넋두리였을까
더 나은 세상 향한 바램이었을까

사람꽃 피다

벚꽃이 하얀 절정 이룬
여의도 빌딩가 점심시간

무리 지은 사람들 물결엔
사원증 목에 건 사람들
작업 조끼 입은 사람들

너나없이 하나로 어우러져
웃음 물결
생동감 있게 넘실댄다

활짝 핀 벚꽃 아래
꽃보다 더 환하게

사람꽃이
군락으로 피어난다

춤추는 광고지

퇴근길 인파 속 형형색색 전단지
눈앞에 들이쳤다 사라지길 반복한다

밥집, 술집, 나이트클럽, 피부 관리, 병원, 골프, 사우나,
이발소, 요가, 피트니스, 전신 마사지, 어학 학원 …
온갖 욕망 부추기며 난잡하게 춤춘다
후진 아날로그 방식으로

화난 듯 신들린 듯 분주한 손놀림을
단박에 뿌리치는 이
편치 않은 마음으로 손사래 치는 이
마지못해 받아 드는 이

애써 외면하면서도
간절한 손놀림과 맞닥뜨리면
마음에 잠시 분란이 인다
그걸 받아 줘야 그의 일이 끝날 테니

등 굽은 노파가 건네는 종잇장엔

외면할 수 없는 애잔함 묻어나
도사렸던 손 내밀 수밖에

누구일까
어지러이 춤추는 전단지 뒤에 숨어
퇴근길 지친 마음 산란케 하는 이는

그 집

블록 쌓기 같은 판박이 집 사이
한 집 건너 두 층 아랫집
무심히 지나치지 못하는 집

체구보다 몇 곱절 품이 넉넉한 그가
바삐 드나드는 집

휴대전화 문자 수다 잦으면서도
그가 늘 궁금하다
창쪽 건조대에 턱걸이하며
얼굴 내민 타월들에게
그의 안부를 묻곤 하지

오늘도 쫑긋한 설렘으로
올려다보며 지나가는 그 집

이건 그냥
무심한 습관일까
마음이 마음에 닿는 모습일까

혹은 정일까

또는 사랑일까

화관 쓴 금속 박스

남대문 시장 앞 버스정류장
차도를 등지고 앉은 철제 가판대
등줄기에 푸른 잎 무성하다
어디서건
생명을 꽃피워야 한다는
엄중한 소임을 띤 듯

옆구리에 가지런한 화분 세 개
경쟁하듯 나팔꽃 줄기 뽑아내
금속 박스 머리에 화관을 씌웠다
빼곡히 피어난 진보라색 꽃으로

버스가 정류장을 출발하자
수십 송이 나팔꽃도 함께 출발
증강현실 그래픽처럼
도심 건물과 허공에 떠다니며
웃는다

이를 눈에 담은 이는

폐부 그득 촉촉한 생기와
마음의 충만감 거저 받는다

어수선한 시장가
한 평 남짓 철판 박스가
콘크리트 숲에 던진 승부수 덕분에

탐욕의 성수

손가락 끝에 닿은 한 방울 물이
탁한 마음 정하게 할까
맹물이 포도주로 변한 기적처럼
물속에 그분 영이 스며 있을까

성화된 물방울로
이마와 가슴 찍어 성호 긋고
성전 품에 안기면

내 영이 정하게 되길
생각과 말과 행위로 지은 온갖
죄에 대한 사함이 있길

끝내 떨쳐 버리지 못한 탐욕이
뾰족이 얼굴 내밀고 만다
나의 간절한 청
꼬옥 들어주시길

그제야

스며든 나른한 평온
이건 성화된 물의 힘일까

은밀한 청을 전한 안도감일까

옹호자 되기로

당신의 눈으로 세상을 보고
소리 내어 항변하는 입으로
당신 곁에 함께 있기로

당신에게 이로움 있도록
힘 북돋우며
두둔하고 감싸기로

힘의 불균형 앞 늘 약자인 당신
자신 위한 저항도
권리 행사도
체념해 버린 당신

힘없는 당신이 애처로워
당신 보호하며 편들기로

나의 안타까움
나의 애착이
당신에게 향하므로

포장 끈

굳어진 손가락
어눌한 손놀림으로
홀쳐맨 포장 끈 풀려고 애쓴다

오래 묵은 금기

홀친 건 잘라 내지 말고
풀어야 하는 것
몽탕몽탕 끊어 내도
매듭진 건 풀리지 않고 그대로 남아

너와 나의 얽힘도 그러하지

맺힌 것은 풀어 가며 살아야
맺은 네가 풀든지
맺힌 내가 풀든지

자락

자박자박 걷던 기슭길 자락
상상 나래 펼치던 구름자락
잔디 썰매 타던 뒷산 자락

붙잡으면 마음 놓이던 치맛자락
위엄 있게 휘날리던 도포 자락

당신의
올곧은 삶의 자락
후덕한 마음 자락

향수 내음 신비롭던
선생님 옷자락까지

살아오면서
나를 품어 주던 안전지대
자락

누구를 품고

어떤 모습으로 펼쳐지려나
내 삶의 끝자락은

애물단지에게

참기름 쏟아 버리고서
풀숲에서 깨알 줍는 바보짓
말라 했는데
예쁜 시절 다 흘려보내고
풀숲 뒤져 깨알 주우려 이러는가

저마다 타고난
복 그릇 따로 있을 텐데
남의 그릇 곁눈질하며
내기하듯 그릇 키우기 급급하나

고쳐지지 않는 고질병 하나
한 점 더 찍으려 안간힘
한 방울마저 채우려 아등바등

어미의 간절함은 저버리고

한구석 접어놓고 느슨하게 사는 것도
지지고 볶으며 가족 울타리 키우는 것도

제 그릇 알짜배기로 채우는 것이련만

무엇이 그리 중요하길래

매듭

삶의 여정에서 굽이굽이 맺은 매듭들
맺음의 순간만 기억 속에 간직하려 해
매듭짓던 그때 그 마음 그대로

매듭은 맺음의 결과지만
맺는 순간엔 맺음의 결말 알고 싶지 않아

허술한 맺음이 세월 지나 단단해지기도
쉬이 풀릴 것 같던 매듭 끝내 풀리지 않기도
야무지게 동여맨 매듭이 끊어지기도 하는
맺음의 민낯 알아 버렸기 때문

그래도 내 안에서 다그치는 다짐은

삶의 고비마다
매듭지으며 살아야 한다는 것
한 일 한 일 일마다
한 해 한 해 해마다
흐지부지 말고 야무지게

매듭은 풀어 가며 살아야 한다는 것
잘라 버리지도
맺힌 대로 내버려 두지도 말고

동여맨 포장 끈이든
얽히고 꼬인 인연의 매듭이든

오래된 구두

서로에게 길들어 편해진 우리
오랜 시간 바깥 삶 함께 누렸지
삶의 자잘한 이야기들
기억 속 저장된 만남의 추억들
누구에게도 밝히고 싶지 않은 밀담까지

처음 마주한 순간
내 눈빛 앗아가 널 취했지만
생경스러움에 편치만은 않았어

네게 익숙해지려 애쓴 시간 속
네가 나인 양 편해졌을 때
그제야 알아차렸지

내게 맞추려 네가 도리어 안간힘 다했음을
뻣뻣한 성질 누그러뜨리고
품 키워 준 덕분임을

긁히고 빛바랜 구닥다리지만

널 버리고 떠날 수는 없어

고단한 발자취
땀 냄새 품어 준 너
흔들리는 발걸음
타박하지 않은 너이기에

로즈메리 꽃집

대여섯 평 남짓한 공간
화기와 꽃판 빼곡한 작은 테이블 앞

꽃 선생 날마다
꽃가지 오물조물
축하 감사 리본 만지작만지작
덕담만 새기며 종종거리는 곳

생신 승진 개원 이전 취업 합격 연회 기념행사…
축하도 가지가지
불전 교회성전 결혼식장 장식, 좋은 날에 다는 코사지
쾌유기원꽃 사랑고백꽃 시부모 이바지꽃 감사꽃…

세계꽃박람회 못잖은 이곳
중국 미국 호주 네덜란드 콜롬비아 남아공 에티오피아
에콰도르…
꽃 선생 손끝에 다시 태어나려
지구촌 곳곳에서
날아온 얼굴들 그래서

꽃 선생 온종일
꽃판과 꽃병에 묻혀
꽃으로 오목조목 피어나는 곳

꽃 좀 드릴까요,
입에 달고 사는 꽃 선생

바깥세상 춥고 각박해도
늘 따사로운 이곳

수박 들고 가는 남자

늦은 저녁
인적 드문 귀갓길

온몸의 세포 곤두서고
뒤통수에도 눈이 떠질 때
발바닥마저 오그라들며
구두 굽 소리 커지는 그때

수박 한 덩이 든 채
뒤뚱 걸음 걷는 남자가 앞서 가면

긴 날숨으로 바짝 따라가게 돼
왠지 모를 안도감 속에

그는
사랑 깊은 가정의 가장일 것
누군가 날 공격하면 보호해 줄 것이라는
믿음 잠시 갖게 돼

그의 손에 힘겹게 매달린
수박 한 덩이가
그걸 귀띔해 주었지

어머니의 월동 기도

외풍 센 한옥
온돌방 윗목 물 대접에 살얼음 얼고
문고리에 닿으면
손이 쩍 들러붙었지

헛간 같은 냉골 방에 사는 사람들
이 추위 어찌 견딜는지

추워도 추운 줄 모르는 집
외풍 모르고 사는 이들이
헛집 사는 이들
살펴 가며 살기를

대한 소한 강추위에
한데서 일해 먹고사는 사람들
그들 고생 헤아릴 줄 알기를

내 자식은 부디
한데서 추위 떨며 일하지 않기를

제각기 튼실한 집 지녀
엄동설한에도 따습게 살기를

인이 박인 당신의 겨울 기도

우리 사이

내 안에 다른 내가 있어
네 안에도 다른 네가 있어

서로를 쉬이 알고 있는 너와 내가
함께 숨 쉴 적이면
끊김 없는 달콤한 이중주
하지만 훤히 다 보이고 얕아
금세 싫증이 나곤 하지

너도, 나도, 모르는 너와 내가
미지의 어느 곳에선가 마주하면
빛 없는 심해를 유영하는 신비로움
하지만 에너지가 바닥나고 말아
호기심에 안달 나기도
닿을 듯 말 듯 까막대는 등댓불 같기도

---

* 심리학 이론 가운데 하나인 '요하리의 창'(Johari Window Model) 개념을 빌려옴.

내가 모르는 은밀한 너보단
넌 모르지만 난 아는 너였으면 해
너 또한
네가 모르는 숨겨진 나보단
난 몰라도 넌 아는 나를 바라겠지

서로를 지극히 헤아려 알고픈
너와 나

나 속에 또 다른 나
너 속에 또 다른 너

하이파이브

해거름 녘의 아파트 마당
택배 트럭 한 대 시동 끈 채 서 있다

다른 이름의 택배 차 왔다 떠나가고
또 다른 택배 차 몇 번의 드나듦 있어도
꿈쩍도 않는 트럭 한 대

고단함 씻으려 토막잠 들었을까

같은 이름표를 단 트럭 들어서자
잠잠하던 차에서 한 남자가 내려 수레를 끈다
도착한 차의 짐칸 문 열고 수레에 짐을 내린다
목에 수건 두른 한 여자가 운전석에서 내려
미소 머금은 생수 한 병 건넨다
오가는 한마디 말없이

손 높이 들어 손바닥만 소리 내 마주치곤
긴 그림자 앞세운 채
각기 다른 계단 향해 짐수레를 끈다

남자의 수레 짐 높이가 더 높다

기울어 가는 뙤약볕이
땀에 젖은 두 등을 쓰다듬는다

너는 차암 좋겠다

누가 말했던가
기쁨은 나눌수록 커진다고 그런데
주저 없이 나눈 사람은 식구들뿐
더는 나눌 사람 없었어

누구는 상처가
누구는 결핍이
누구는 시샘 많은 사람이어서
함께 나누기 망설여졌지

공연한 자랑질 될까 봐
그의 상처 자극할까 봐
기쁨도 삼켜야 할 때가 많았지

체면도 잊은 채
깡충대며 춤추듯 걷다간
애써 걸음 붙잡길 되풀이했지
지나치는 지인 불러 세우고선
터져 나오려는 말 끝내 누르곤 했어

누군가 물어 오길 바라기도 했지
뭐 좋은 일 없어요? 하고

얼굴에 넘쳐흐르는 기분 좋음과
입가의 웃음기도 숨기느라
콧구멍만 벌렁거렸지

삼가고 삼가자며
안으로 삼키려 했지만

기분을 주체할 수 없어
내 안에다 대고 소리 질렀지
너는 차암 좋겠다, 하고

단골

달포 만에 한 번씩
꼬박꼬박 만나지만
안부 늘 궁금해 하는 그

머리카락을 세듯
지난 삶도 함께 셀 수 있는 그
성취도 아픔도 함께 나누는

손끝과 눈길에
축복하는 마음 실어
머릿결 진득이 다듬는 그

잘려 나간 머리카락만큼이나
긴 세월 함께한

남이 아닌 듯한 남
얼룩진 삶의 조각들
함께 나눈 그

선순환

세상 험악하대도
내 곁엔
착한 사람들이 많아

그이들 앞에서
종종
부끄러워질 때가 있지

내 안에도
선한 심성 조금씩
자라게 만드는 그이들

너에게 나도
그런 존재이고 싶어

북유럽 습설

회양목 울타리에도
키 낮은 철쭉 가지에도
몽실몽실 목화꽃 피어났다

성탄절 카드에서나 보았던
북유럽 설경 눈앞에 펼쳐져

핀란드의 눈 쌓인 자작나무숲 거닐고
전나무 숲길을 눈썰매 타고 달리다가
밀레스 조각공원에서
함박눈 뒤집어쓴 조각상도 만났지

아뿔사
솜사탕처럼 쌓인 눈이 그들에겐
무거운 형벌임을 살피지 못했어

사철나무 눈향나무 가지들
쌓인 눈 힘겹게 버티며
두 팔 두 다리로 바닥 짚고 용쓰는 것을

등까지 휘어 부러질 듯하건만

설국의 정취에 들떠
그들 고통의 무게 헤아리지 못했음을
속속들이 성찰케 하는

북유럽풍 습설
폭설로 쏟아진 날

3부
절묘한 평형

씀바귀의 바람

안쓰럽게 보지도
딱하게 생각지도 말아요

척박한 돌 틈새
가녀린 삶이지만
보란 듯이
샛노란 희망 꽃피웠어요

잘하고 있다고
잘될 거라고
응원의 눈빛만 보내 줘요

세상 속에 희망 빛 나누고
제 몫 제대로 하며
옹골차게 살아갈 테니

부케

하필이면 너였나
그 귀한 날
그 고운 손이 너를 품다니

신작로든 뒤안길이든
길섶에 지천으로 피어 팔랑거리던 너
묵정밭에서도 조 농사지은 듯 이삭 풍성해
보리죽에 씨앗 보태 곯은 배 채워 줬다지

가라지 개꼬리풀 금강아지풀 수강아지풀 갯강아지풀 나도강
아지풀…
또래도 많아 이름도 가지가지

꽃이삭 뽑아 목 간지럼 태우면
기겁하며 간드러지게 깔깔대던 아이들
콧방울 양옆에 붙여 콧수염 달던 개구쟁이도
기억 저편 언저리로 밀려나 있었는데

쑥대밭에 천방지축 흐드러지던 네가

웨딩드레스 위에서 사운거린다

신부의 떨림에 꽃이삭들 떨이 더해져
풋풋한 탄력과 생동의 파장 일으킨다

너의 이 탄성과
질긴 생명력
하필이면 너였던 까닭인가

작약꽃

소년 같은 쑥스러움 누르며
작약 꽃다발 멋쩍게 내민다
투박한 그에 어울리지 않게

"고맙소, 사십 년 함께했음에."

지난 세월이 꼬물대며 반짝인다
햇빛 센 날 한강의 윤슬처럼

고맙소
사십 년
함께했음에

우리 지난 삶은 작약을 닮았지
화려하고 세련되진 않았지만
한결같은 묵직함으로 엮어 온 삶

엿새쯤 지났을까
기품과 도도함으로 풍만하던 꽃잎

일시에 후두두, 바닥에 수북하다
떨어진 꽃잎마저 생생한 윤기 머금은 채

우리 삶 마지막 순간도 이와 같기를
시들시들 곯지 않고 기품 뽐내다가
한순간 후딱 떠나는 그런 종말

그 끝이
기품 있고 도도하게
사뭇 장렬하기를

사시나무

삶의 응어리 바닥으로 삭이며
탄탄한 뿌리내린 당신
흑갈색 몸통 거북등 껍질로 굳히고
하늘 향해 아름드리 치솟았지

묵은 굳은살 당신 등에 얹으려
바들바들 떨며 당신 부둥켜안았지
당신은 미동도 없이 서서
마음속 굳은살 건네받곤 했지
가슴에 솟은 대못까지
갈라진 등껍질 틈에 넣어 빼 주었지

그런데 어쩐 일일까
육중한 몸통 끝
하늘 가린 잔가지 잎들
파르르 떨고 있어

언제나 의연했던 당신
당신도 지금 떨고 있어

가슴속 떨림 굳은살 대못
마다않고 다 껴안아 준

당신이 떨고 있다니

확인 기점

고속도로 길섶엔
확인 기점이란 표지판 서 있어
앞차와의 안전거리 확인하는

내 삶의 안전거리
과속 질주의 확인 기점은 어디일까

새해
새 계절
새달
새로운 주

삶의 속도 되짚어 보는 지점은
왜 자꾸 짧아만 지는지

언젠가는
새날을 삶의 단위로
나날의 좌표 확인하는
하루살이 같아지겠지

생의 마지막 지점과
과속 추돌 않으려
아슬아슬
애쓰는 나날 맞이하겠지

토마토

과일인지
채소인지
따질 게 무에 있다고

저마다의 목마름
용케도 알아차려

채소 아쉬운 이에겐 채소로
과일 고픈 누구에겐 과일로

그의 절실함 채워 주는
기특한 것을

나도 누군가의
목마름에 맞갖은 사람이고 싶어

봄동

계절 듬뿍 버무려 넣은
네 이름만 들어도
펀펀한 얼굴에 눈길만 스쳐도
봄 내음 싱그럽게 후각 간질여

모두가 저 잘났다
고개 쳐들고 위로만 향할 때
겨우내 언 땅바닥만 고집했던 너

그토록 몸 낮춘 네가
새봄 식탁엔 먼저
초대받는다

풋풋한 잎 꽃 한 포기
겸손으로 피워 낸 위세로

버팀목

우리가 없으면
유리 빌딩 앞마당 소나무들
뿌리째 뽑혀 나가지

한 발짝도 움직여서는 안 돼
옆으로 기우뚱하지도
앞으로 발 내딛지도
뒷걸음질 치지도 않기로

유리 궁전에 부딪혀 쏟아지는 빛
눈부셔도 감당해야 해
고개 돌리지 않기로

네가 넘어지면 나도 넘어지는
우린 샴쌍둥이 운명 공동체
나무 장대 연결하여 동여맨
우리들 얽힘에 틈 벌리지 않기로

약속했지

서로가 서로를 부축하며
절묘한 평형 이루는 우리

씀바귀 꽃

산책길
시멘트 포장 갈라진 틈
씀바귀꽃이 파르르 떨며
얼굴 내밀더니

아스팔트길 중앙분리대에도
작은 틈새 비집고
샛노랗게 가녀린 키를 가눈다
자동차가 내뿜는 거친 공기에 놀라
몸을 움츠렸다 펴길 되풀이한다

메마름 딛고 싹 틔워
모질게 피워 낸 꽃대
저를 보는 이들을 당차게 꾸짖고 있다

거칠고 옹색한 곳에서도 나는
꽃 피워 씨앗 남기는데
기름진 땅에 뿌리내린 너는
무얼 남기고 떠나려는가

으뜸 꽃

정원의 다듬어진 꽃
산책로 길섶의 흐드러진 들꽃
꽃 가게의 화장한 꽃

꼬질꼬질 빈약한 내 집 꽃

볼품없이 허접해도
눈빛과 손결로 진기 나눈

내 집 꽃이
내겐 으뜸

분심分心

딴에는
간절한 마음으로 묵주 알 굴리지만
도둑처럼 엄습한 수십 가지 생각
갈래갈래 마음을 가르고 만다

실타래처럼
헝클어지고 갈라져 버린 영靈

마음에 낀 때 벗겨 내고
단순함과 맑은 영으로
당신에게 몰입하기
오래 묵은 미완의 숙제지만

이런 나조차
당신은 측은지심으로
보듬어 줄 거라는 믿음

온 정신으로 세상일 몰두할 때
당신 불쑥불쑥 떠올라

몰입 흩트리는 순간도
내게 찾아오려나

이음

밑동 베어 내고
몸통마저 재단된
두어 뼘 버드나무 토막

날숨 속 입김조차 없는 메마름

대를 이으려는 안간힘일까
마지막 진기 끌어모은
진액으로 생명을 잉태했다

마른 나무토막은
몇 가닥 줄기 키워 내
초록 새순 달고
햇볕 아래 태교를 한다

바람은 새순 비껴 바닥 스쳐가고
햇빛도 비스듬히 굴절하여 비춘다

버드나무 토막 새 줄기는

험난한 세상 뚫고 나가
대를 이을 수 있을까

할머니의 할머니가
할아버지의 할아버지가
그랬던 것처럼

마사 로저스의 가을

가을은
마사 로저스*의 계절이다 내겐
생각이 안으로 모이게 하고
되새김질하게 하므로

삶이란 되어짐의 연속
탄생에서 죽음까지 되돌릴 수 없는 일방향성
하지만
삶의 과정이 곧은 선만은 아니지
때론 뒷걸음치는 듯해도
나선형으로 돌아서 결국
앞으로 나아간다지

삶은 울림의 과정
공명의 원리로 움직인다 했는데

* 마사 로저스(Martha Rogers)는 뉴욕대 교수를 역임한 미국 간호학의 석학으로, '간호학적 인간 고유성 이론'(Science of Unitary Human Being)을 정립했다.

이 가을 나는
얼마큼 울림 주며 살고 있을까
어떤 진폭과 파장 엮어

나만의 음향으로 공명하고 있을까
내가 살고 있는 별, 세상, 사람들과

고주파일까 저주파일까
울림음일까 불협화음일까

나는
너는
우리들은

어쩌면 우리는
울림 없이 되돌아오는
메아리만 좇으며 사는 건 아닐까

11월은

가을이라 할까
겨울이라 할까
모호한 전환기

가을이기도
겨울이기도 한

풍성한 채움이기도
황량한 비움이기도 한
현세와 내세가 화해하는 완충지
수도원을 닮은

가을도 겨울도 아닌
무소속의 간절기

장년도 노년도 아닌
이러기도 저러기도 엉거주춤한

초로의 인생과 닮은 달

스스로 피는 꽃

눈길로 살필 여유조차 없이
베란다 한구석에 제쳐 놓았는데

섣달 혹한에
하얀 호접란 꽃망울 터뜨렸어
보란 듯이 도도하게

미안하고 또
미안함

아이들에게도 늘 그랬지
엄마가 미안해, 입에 달고 살았지

진력으로 돌보지 못했음에도
보이지 않는 힘이 보듬어
아이들 피어났지

섭리의 오묘함 아닐까
스스로 피어나게 하는 힘

명랑한 반란

다용도실 빈 장독 안
살을 맞댄 월동 가족들
엄동설한 함께하기로 약속했어

무 당근 양파 고구마
느슨한 신문지 담요 밀치고
초록 새싹
머리에 잔뜩 달고 있어

물 한 모금
햇빛 한 가닥 없는 옹기 안
스스로 살아났음을 뽐내고 있어

얼마나 용을 썼길래
무 얼굴 하얗게 질리고
당근도 얼굴 붉혀

엄지만큼 키 자란 양파 싹
고구마 줄기까지도

장독을 나오려 아우성이야

온 가족이 탈출 모의라도 했나

엉겁결에 하나씩 윗동 잘라
장독 뚜껑에 옮겨 수경 재배에 들어갔어
흙 한 줌 없는 한겨울 베란다
봄날의 초록 텃밭 못지않았지

그 명랑한 반란 덕분에

움 자리 약속

마른 잎 매달려 버티고 있어
잔가지 끝마다 한 잎씩

움틀 자리 덮어 주는
이불 되기로 약속했기에

꽃 움은 이불 덮고
얼음 실은 삭풍 견뎌냈지

목련꽃 움
도톰하니 뾰족하게
하늘 찌르고 있어
정월 강추위
한파주의보 속에서도

소임 다한 움 자리 이불은
그제야 공중에서 내려왔지

윗동아리

무심히 쓰레기통으로 던졌어
쓸모없는 무 당근 윗동

몇 날을 샜을까
버려짐에 대한 항거인가

창백한 무 윗동에
새순 빼곡 위로 치솟아 있어
꽃망울까지 맺은 채

파마머리처럼 뽀글뽀글
당근 윗동에도 연두색 줄기
으스대고 있어

쓰레기로 에워싸인
그곳에서

순환

모두가 꽃이 될 수는 없어
받침으로 살아도 괜찮지

성탄 축하 꽃바구니 속
빨강 열매 단 나뭇가지
순전히
꽃 얼굴 돋보이게 하던 받침

바구니 속 시든 꽃들 사이로
쌀알만 한 새움 돋은 나뭇가지
유리병에 꽂아 창가로 옮겼지

마른 가지에 자라난 초록 새잎
한겨울 아침 첫 눈빛
먼저 앗아간다

꽃 아닌 꽃이 된 나뭇가지
받침 아닌 주인공으로

잎 없는 가지에서 뽐내던 빨강 열매
새잎 품에 안겨 공생한다
몸 낮춰 잎사귀의 반침으로

입춘

오늘부터 봄이라 한다
이제서야

벚꽃 망울
목련꽃 망울이
은밀히 일깨워 줬어
봄은 진작부터 와 있었다고

꽃 잎새 움트고
보는 이들 가슴 고동치면
새봄이 온 거지

이월 초나흗날 전이라 할지라도

하루 일감

출근길에
길쭉한 잎사귀 사이로 겨우
목 내밀던 꽃봉오리

퇴근길엔
한 뼘 길이 훤칠한 꽃대에
노랑 튤립이 헤벌쭉 웃고 있다

갓 맺은 꽃봉오리
키워내 활짝 피게 하는 일

하루 봄볕이면 충분하다니

진눈깨비

비도
눈도 아닌 것이
걷는 길을 이리
질척거리게 하는가

살아가면서 만나는
진눈깨비 길
미끄러운 발걸음 내딛기
어설프더라도

너 가는 길
앞날만큼은

질척거리지 않았으면

저녁노을

누가
저리 불타는 노을을
낙조라 하나

누가
저렇듯 이글거리는 정열을
황혼이라 하나
한창 의기충천하기만 한데

수평선 바다 물들이고
맞닿은 하늘까지 물들이는
지금 저 노을
일출의 그것과 조금도 다름없는데

누가
이렇듯 찬란한 빛을

저무는 빛이라 말하는가

몽돌 연못

검은 몽돌과
야트막이 가둔 물만으로도
영혼 두드리는 예술이 되지

바람이 수면에 미끄러지면
겹물결 퍼져 나가고
이를 눈에 담은 이는 숨결 가다듬게 돼

마음결조차도 보드라워지는데
마른 풀잎 부스러기 하나가
연못의 평정을 깨뜨리고 말지

수십 겹 동심원 파문은 이내
가슴 전율케 하는 파장으로 번지는데

물의 손결이 감싸 주는 몽돌은
미동조차 없이 파동을 따돌리지

작별

올 듯 말 듯 더딘 걸음에
안달 나게 했던 너
시샘 추위에 치여
너에게 흠뻑 취해 보지도 못했는데

수인사도 없이
그새 도망치듯 떠나 버린 거니

철 이른 땡볕에 얼굴 그을고
이마 위 땀방울 훔쳐도
난 아직 너를 떠나보낼 마음
조금도 없는데

그렇더라도
미안해하지는 말아라, 봄아
급히 떠난 널 용서하기로 했으니

네가 피운 꽃들은 떠나지 않고
내 곁에 아직 머물러 있으므로

4부

한낮의 연무

젖 떼는 나날

아침저녁 빈방 둘러보며 침대 쓰다듬게 돼
한밤중에 문득 잠 깨어 방문 열어 보고
현관의 미등도 끄지 못해
수저통의 수저도 차마 치우지 못하는데

전화라도 좀 해 주지, 무심한 것아
남의 딸 채간 자는 뭣 하는 거야
원망 어린 푸념도 해 대다가
밥이나 제대로 먹고 다니는지

걱정이 스멀스멀

야무진 아이니 잘할 거야
누구 딸인데 좀 잘하겠어
스스로 위안도 하다가

끝내 마음 접으며 다독이지
저들끼리 알콩달콩 잘 살면 그만이지 뭐

앓던 이가 빠진 듯 시원하다더니

오래 묵은 숙제 끝낸 듯 개운하다더니

바윗덩어리 내려놓은 듯 홀가분하다더니

서운함은 눈곱만치도 없다더니

그 예쁘던

갓난아기 사나흘 되자
얼굴에 노랑꽃 피기 시작했어
초칠일 노랑꽃 흐드러지자
사람구실 한다 기뻐하였지

첫돌 무렵 열 감기 들어
열꽃 온몸에 피었지
애간장 태운 찬물 찜질로
꽃이 졌어

돌림병 들면
손님이라 구슬리며
큰 님이야 작은 님이야
비위 맞춰 가며 얼렁뚱땅
우리 아가는 비껴가길 바랐지

항아리손님 들까 볼거리 백신 맞히고
물마마 피해 가라 수두 백신 맞혔지
그 덕에

그 손님들 피할 수 있었어

그 예쁜 꽃들과 님들은
다 어디로 사라지고
황달 발진 전염병 홍역 풍진 유행성이하선염 수두만 남았을까

행여 닮을까
쳐다보기도 아까운 아가에게
무지막지스레 붙인 섬뜩한 이름들만 남겼나

그 예쁜 이름들
다 어디로 사라지고

투명 봉지

어쩌자고
속을 그리 훤히 드러내어
내 마음 흔들어 놓았느냐

말간 네 얼굴에 끌려
너와 눈이 맞아 버렸지
네 손끝에 내 손끝 닿아
너를 내 안에 들여 놓았지

차마 네 진심을
우악스레 구겨 허투루 할 순 없어
손 다림질 곱게 잔주름 펴고
차곡차곡 쟁였다가 내보내려 하지

부디 귀한 쓰임 받아
새 모습으로 되돌아오라고
널 향한 바램 간절해져

잠시나마 내게 속했던 너이므로

소꿉놀이

식탁에 올려도 손색없을 포장 용기
무심히 수거함에 던져 버린다
디자인 예쁜 유리병
뚜껑 갖춘 플라스틱 그릇
오래 써도 좋을 법한 김치통도

사금파리 조각으로
소꿉놀이 몰입했던 이가
올챙이 시절 잊어버린 걸까

포장 쓰임새 다 한 일회용기
저리 냉정하게 버려지는데
한 생애 일회용인 우리 삶인들
무에 그리 다를까

기력 사그라지고
의기마저 흩어져 버렸을 때
소비 기한도 용도도 다한 그때
우리 삶은 어떤 모양으로

버
려
질
까

버려진 삶의 사금파리 조각으로
또 어떤 소꿉놀이에
취할 수 있을까

말 보시

오늘도
사람들은 악담 경쟁을 한다
지체 높은 분들의 카메라 앞 막말 전쟁
'악플'이라는 이름의 댓글들

혀끝과 붓끝이
망나니 춤을 춘다

가슴 후벼 파고 영혼을 에는
독이
사방에서 어지럽게 넘실댄다

선플 달기 캠페인
험담 않기 운동이
울림 없는 메아리일 뿐

"하고 버릴 말이라도
악담하지 말고 덕담을 해라.
말로 하는 보시도 적선이 되느니."

어둠 짙어지면
더욱 반짝이는 별처럼
세상 소음 자욱한 나날에

어머니 생전 말씀
한층 또렷이 빛난다

주저앉은 너에게

성공하려면
좋아하는 일
하고 싶은 일하며 살아야 한다지

맞아
근데 그거 알지
하고 싶은 일하며 살 수 없는 사람
더 많다는 것
원래 꿈꾸었던 삶 아닌
대안으로 사는 삶도 성공할 수 있다는 것

수없이 마음 다잡고
지난한 고통의 끝자락에서 움켜잡은
그런 성공이 더 짜릿하다는 것

그러니
지레 주저앉지 않기

살다 보면 알게 되지

대안으로 사는 삶도 축복이라는 걸

그건 네겐 대안일지 모르지만
신의 계획 속에선 원안이었을지도

그러니
이제 일어나
기지개 켜기

연둣빛 낙엽

엄살인 줄 알았어

갓 피어난 사과꽃 냉해로 낙화해도
때아닌 우박에 복숭아 낙과해도

북극곰 보금자리 녹아내려도
지구촌 물난리 불난리에도
먼 나라 얘기로만 알았어
섣달 초에
개나리 벚꽃 피고
개구리 알 낳았다는 소식에도

어쩐 일일까
샛노랑 실종된 연둣빛 은행잎들
바스락대는 소리조차 못 내고
뒤엉켜 스크럼 짜고 있어

은행잎은 드러누워 시위하는 중
울음마저 삼킨 소리 없는 절규

설마한들 늦가을까지도
설익은 푸른 낙엽 되겠냐 했더니

생존권 보장 외치는
무리 지은 확성기 시위보다 더
절절한 침묵의 아우성

늦가을 하룻밤 비바람에
바닥 겹겹이 내려앉은 연두색 카펫
이제 알겠어
엄살 아니라는 것

외눈으로 살라 하네

우린 종종 외눈으로 세상 보곤 해
멀쩡한 한눈 가려 놓고선

같은 외눈들끼리 편먹고 힘자랑해
왼눈 보는 이들은 그들끼리
오른눈 보는 이들도 자기네끼리

아름다움 추구한다는 예술계
진리 탐구가 핵심이라는 학계
공정 보도가 생명인 미디어 심지어
법조계
종교계
시민단체까지도

자기편끼리 서로 이불 되어 주며
다른 편은 치열하게 공격해

외눈살이들 싸움에 등이 터져 버렸을까
양 눈이 협응하는 온전한 양안시

이편저편 아닌 그들은
어디로 소리 없이 숨어 버렸나

외눈으로 살라는 이 세상에서

파문

평형 맞춘 야트막한 인조 연못
바람결이 수면 쓰다듬기만 해도
금세 잔망스럽게 물결 일으키지

하루살이 한 마리가
수면 위로 미끄러져도
수십 겹의 동심원 퍼져나가
산란스러운 파문이 일지

한갓 미물도 순식간에
널따란 연못의 평정 깨트리는데

무심결에 혀끝이 던진 한마디 말
가슴 흔들어 상처 헤집는 일쯤이야

감질나게

간절한 기도로
일구어 낸 건

조금씩
조금씩만

한껏 누리지 말고
한꺼번에 다 하지 말고
아껴 가며
감질나게

간절했던 초심
오래오래
곱씹어야 하니까

거름무지

길섶에 더미더미 쌓인 낙화
꽃잎은 말라 형체 없이 부스러져
꽃 가게의 분갈이 거름 같다

꽃 달고 있던 가지엔
아기 숟가락 같은 잎새들
무심히 팔랑거리고

바닥에 널브러진 꽃대들만
가까스로 전성기를 엿보게 한다

마른 꽃 거름무지 위에는
정점을 찍고 내려온
사람꽃들도 뒤엉켜
절정의 삶 회상하고 있다

지켜보는 이 얼굴도
거름더미 위에 일렁이는데

젊은이들은 삼삼오오
꽃 진 벚나무 아래로 걷는다

땅따먹기

꽃 대궁 달고 있는 대파
여리게 웃자란 실파
제법 풍성한 상추
빼곡히 자리 잡고 있다
편의점 앞
시멘트 벽돌 길 위 자리한
흙 담긴 스티로폼 상자에

펼친 신문지 크기보다 작은
흙 상자 몇 개만으로도
푸성귀 텃밭으로 너끈해 보이는데

부동산 중개사무소 벽에는
탐욕을 꼬드기는
땅따먹기 카드 어지럽다
"나대지 100평"
"전원주택지 200평"
"텃밭 달린 전원주택지 300평"

스티로폼 흙 상자는
그들 향해 묻고 있다

텃밭의 크기는 얼마큼이면 될까

나락

어떻게 그곳으로 떨어졌을까
다시 솟아오를 수 있을까
정상에 섰던 그는

빠져드는지도 모르는 새
순식간에 떨어지는 곳
때론 알면서도 빠져드는 늪
떨어진 뒤에야 어둠의 깊이 알게 되지

깊이도 크기도 모르는 그곳
어디쯤 숨어 있을지도 모르는 구렁
실올 같은 빛도 사라진 암흑

맞닥뜨리고 싶지도
생각 속에 비춰 보고 싶지도 않은
삶의 처절한 무덤
결코 헤어날 수 없을 것 같은 수렁

바닥 치고 나면 앞이 보인다지

버둥대는 몸부림 잃지 않는다면
다시 그는 솟구칠 수 있을까
심해에서 솟아오르는 잠수부처럼

귀목이라 해 주면 안 될까

북아메리카 풍요로운 고향 떠나
가난에 찌든 나라로 왔지
벌거숭이산 초록빛 일렁이게 했고
뿌리 뻗어 산비탈 붙잡아 주었어
온 동네 향기 실어 날랐고
한 움큼 꽃 나눠 허기진 배 달래 줬어
꿀단지도 채워 주었는데

산야 푸르러지자
잡목이란 낙인 찍혀 낙엽송에 밀려났지

설 자리 찾아 헤맨 끝
쓰레기산에 정착했어
꽃향기로 메탄가스 악취 몰아내고
뿌리 얽어 산 무너지지 않게 버티고 있어

정녕 나는 잡목일까
오래 묵은 푸념 허공에 날린다

향기 거저 나눠 주며
난지도 하얗게 뒤덮은
5월의 아까시나무

한낮의 연무

강 건너 아파트 군락은
영화 속 외계인 성곽이 되고
선명하던 도시 풍경은
아스라한 파스텔화로 변했다
햇빛 쨍쨍한 대낮에
때아닌 안개 자욱하니

시골 도랑에 피어난 물안개 같기도
아궁이불 지피던 할머니 볼에
매운 눈물 흐르게 하던 연기 같기도
코스모스 자태 어리비치던
가을 호반 길의 짙은 안개 같기도 하다가

회색 공기에
목 안이 매캐해져
추억어린 옛 기억도
설렘으로 다가오던 내일도

맵고 아리기만 한 회색빛

숨어 피는 꽃

빗길 느티나무 가로수 아래
수수 알 같은 꽃 수북이 쌓였더니

물기 머금은 은행나무 길엔
연두색 송충이 떼
무더기로 나뒹군다

발길에 짓이겨진 그것은
있는지조차 몰랐던
눈길마저 내준 적 없었던
은행나무 꽃이었다

비바람 세차게 때리지 않았으면
제각기 열매로 영글 터

꽃피우는 수고 없이
열매 맺는 나무 있을까
은밀히 꽃피운 노력
알아채지 못할 뿐

시인의 말

명랑한 반란을 일으키며

정형화된 틀에 갇혀 모범생처럼 착실하게만 채워 왔던 나날이 언제부터인가 반란을 일으키기 시작했습니다. 삶의 순간순간, 나를 둘러싼 모든 것이, '시'라는 이름으로 얼굴을 내밀었습니다.

사라져 버린 언어나 관습, 사물, 떠나보낸 사람들, 잃어버린 추억 등에 대한 그리움이 주체할 수 없을 정도로 밀려왔습니다. 지극히 당연하고 평상적으로 여기던 사건, 사물, 자연 현상이 경이롭게 다가왔습니다. 무심히 지나쳤던 다양한 삶의 모습들이 가슴 먹먹한 감동으로 다가오며, 그들에 대한 나의 시선이 따뜻해지기 시작했습니다. 쓰지 않고는 못 견딜 것 같은 절박함, 그간의 억눌림에 반항하듯 시를 토해내기 시작했습니다.

이게 뭐지? 내 안에 이런 시적 감수성이 내재되어 있었나? 이런 것도 시라고 할 수 있을까? 회의와 번민 끝에, 그동안 꾹꾹 눌러 두었던 '시를 쓰고 싶다'는 오래 묵은 꿈을 들춰내게 되었습니다. 오랜 세월에도 그 꿈은 닳지 않고 농익은 채 찾아와 나를 다그쳤습니다.

비록 반짝이는 시어가 아니어도, 번뜩이는 은유가 아니어도, 가슴 찡한 서정이 없더라도 괜찮겠다는 맹랑한 생각을 하게 되었습니다. 난해한 현대시의 격랑 속에서 주눅 들지 않고 나만의 색깔로 삶을 반추하며, 쉬운 언어로 일상성을 그려 나가겠다는 결심을 하게 되었습니다.

"시인이 시라고 쓴 것은 모두 시다, 자신감을 가지라", "가곡, 발라드, 포크송이 있는가 하면 트로트도 있다. 자신만의 스타일로 쓰면 된다"며 용기를 주신 김기중 교수님께 감사드립니다. 그 격려에 힘입어 제가 일으킨 반란의 결과물을 세상에 내놓습니다.

출간을 제안하신 나남출판의 조상호 대표님과 수고해 주신 편집부에 감사를 드립니다.